KB233209

시인의 길

시인의 길

엮은이 | 이동순
발행일 | 개정판 1쇄 2007년 5월 5일
발행인 | 김윤태
발행처 | 도서출판 善
디자인 | 디자인 광

등록번호 | 15-201
등록날짜 | 1995. 3. 27

주소 | 서울시 종로구 낙원동 58-1 종로오피스텔 314호
전화 | 02-762-3335   팩스 | 02-762-3371

ISBN 89-86509-90-3 03810

들.그리고

대표 | 채희복
주소 | 대구광역시 동구 도학2동 387-1
전화 | 053-982-8833   팩스 | 053-984-4567
카페 | www.naver.com/dolland

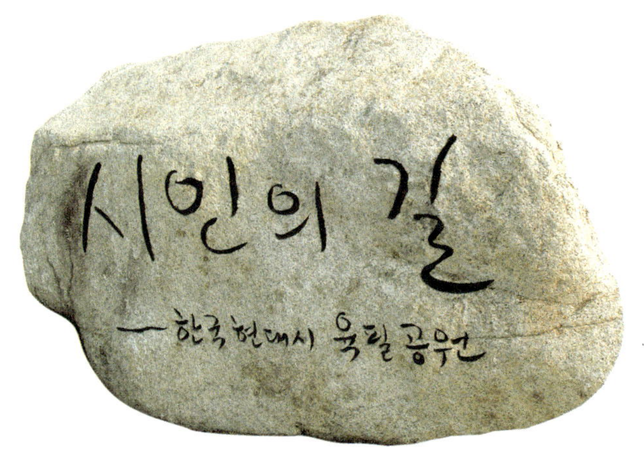

시인의 길

— 한국 현대시 육필 공원

이동순 엮음

산

현대시 육필공원을 열면서

지난 20세기는 육필의 글쓰기 시대였습니다. 모든 문학인들은 깊은 밤의 어둠을 등불로 밝히고 원고지 앞에 앉아서 직접 손으로 한 글자 한 글자씩 써내려 갔습니다. 그들이 쓴 육필 원고를 직접 대하노라면 한 사람의 창작인으로서의 삶의 포부, 열정, 꿈과 이상 따위가 그대로 느껴지는 듯합니다. 마치 해당 문학인을 직접 대면하고 이야기를 듣는 듯 가슴속에 특별히 전달되어 오는 것이 있습니다.

이제 세월이 바람처럼 흘러 육필의 글쓰기 시대는 지나가고 컴퓨터로 창작의 모든 작업을 하는 디지털 글쓰기 시대가 펼쳐졌습니다. 불과 엊그제였던 것 같은데 육필의 시대는 이미 까마득한 옛날처럼 아득하기만 합니다.

이러한 때에 저희 〈돌, 그리고〉에서는 한국현대문학사를 대표하는 문학인들의 육필을 한 자리에 모아 우리나라에서 수집한 자연석에 고스란히 새겨 앉히는 육필공원을 만들었습니다. 이 한국현대시 육필공원을 〈시인의 길〉로 이름 붙이고 많은 분들이 철따라 바람따라 이 곳을 다녀가며 작품을 정겨운 육필로 감상할 수 있도록 하였습니다.

아무쪼록 현대시 육필공원을 더욱 사랑해 주시고, 우리 지역과 우리나라를 대표하는 문학 공원으로 거듭나게 되기를 소망합니다.

2006년 11월
〈돌, 그리고〉 대표
채 희 복

하회에서
정희성

천년두고 만나려고 흘러
바라본다
벼랑 끝에 절벽을
세상을 무너지고
강물은 마을을 둘러 흐르는데
이곳에서 나는 그만
어쩔 바 없이
어제를 안고 흐르는
강물이 마을을 둘러
어디선가 그 마음
굽어든 자리
물이 나를 흘러가게 하고

차례

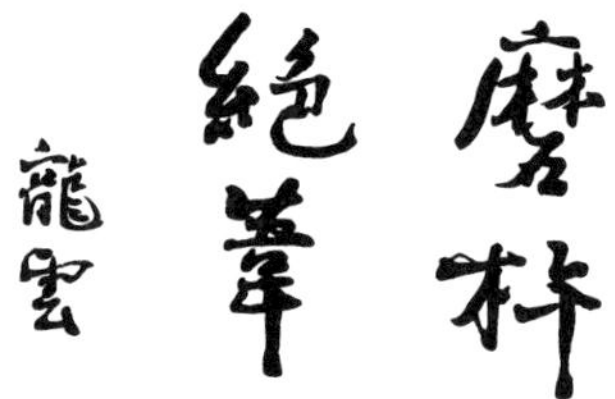

- 磨杵絶韋(마저절위)

만해 한용운 시인의 글씨.
위편삼절(韋編三絕) : 공자가 말년에 《역경(易經)》을 좋아하여 너무나 책을 열심히 읽은 나머지 책을 묶은 가죽 끈이 무려 3번이나 끊어졌다고 기록되어 있는 「사기(史記)」 '공자세가(孔子世家)'의 고사에서 비롯한다.
'마저(磨杵)'는 절구공이가 닳아 바늘이 된다는 뜻이며, '절위(絕韋)'는 '위편(韋編)'이란 책의 가죽끈이 3번 끊어졌다는 사실을 말한다. 즉 끊임없이 공부하고 노력하는 과정을 뜻하는 말이다.

磨杵
絶筆
龍雲

설어운 諧調

이상화

하야튼 해는
떠러지려 하야
헐덕이며
피뭉텅이가 되다

셋붉든 마음
늙어지려 하야
고라지며
굼벙이집이 되다

하로 가온데
오는 저녁은
너그롭다는 하날의
못속일 멍통일너라

일생 가온데
오는 젊음은
복스롭다는 인간의
못감춘 설음일너라

설어운 諧調

이상화

하야흔 해는
떠러지려 하야
히여지며
의 물결에 가 되나
샛붉은 마음
늙어지여 하야
고라지여
춤배이 꾸이 되다.

하도 가온데
오는 저녁는.
너그통구는 하날의
옷숨혀 면 종일너라.

一生 가온데
오는 저넉는. 人間에
[illegible] 설로이다.

博淵

박연

－고월 이장희 시인의 육필

대구가 배출한 문학인으로 한국현대문학사를 대표하는 시인이다. 그가 남긴 필적은 이 '박연(博淵)'이 유일하다. '넓고 큰 연못'이란 뜻으로 너그럽고 수용적인 인간의 품성을 뜻하는 말이다.

유일하게 남아있는 이장희 시인의 붓글씨

모닥불

백 석

새끼오리도 헌신짝도 소똥도 갓신창도 개니빠디도
너울쪽도 짚검불도 가락닢도 머리카락도 헌겊
조각도 막대꼬치도 기와장도 닭의짖도 개털억
도 타는 모닥불

재당도 초시도 門長늙은이도 더부살이아이도 새사
위도 갓사둔도 나그네도 주인도 할아버지도 손
자도 붓장사도 땜쟁이도 큰 개도 강아지도 모두
모닥불을 쪼인다

모닥불은 어려서 우리 할아버지가 어미아비없는
서러운 아이로 불상하니도 몽둥발이가 된 슬픈
력사가 있다

모 닥 불

白 石

새끼오리도 헌신짝도 소똥도 갓신창도 개니
빠디도 너울쪽도 짚검불도 가락닢도 머리
카락도 헌겊조각도 막대꼬치도 기와장도
닭의짗도 개털억도 타는 모닥불

재당도 초시도 門長늙은이도 더부살이아이도
새사위도 갖사둔도 나그네도 주인도 할아
버지도 손자도 붓장사도 땜쟁이도 큰개도
강아지도 모두 모닥불을 쪼인다

모닥불은 어려서 우리할아버지가 어미아비없는
서러운아이로 불상하니도 옹동발이가된 슬
픈력사가 있다

冬天

서정주

내 마음속 우리님의 고운 눈썹을
즈믄 밤의 꿈으로 맑게 씻어서
하늘에다 옮기어 심어 놨더니
동지 섣달 날으는 매서운 새가
그걸 알고 시늉하며 비끼어가네.

내 마음 속 우리 님의 고운 눈썹을
즈믄 밤의 꿈으로 맑게 씻어서
하늘에다 옮기어 심어 놨더니
동지섣달 날으는 매서운 새가
그걸 알고 시늉하며 비끼어 가네.

동천(冬天) 미당

琴湖江

이설주

어릴 적 고추 달랑거리며
모래찜질하는 엄마 따라
멱감고 마시던 그 맑은 물

지금은 썩어가는 강가에
거멓게 타버린 물고기떼
내 고향이 죽어가고 있구나

파닥거리는 인생
삶의 절벽을 향해
휘청거리며 건너는

실의의 몸부림이
긴 이빨로 울부짖는
겨울을 뜯고 있다

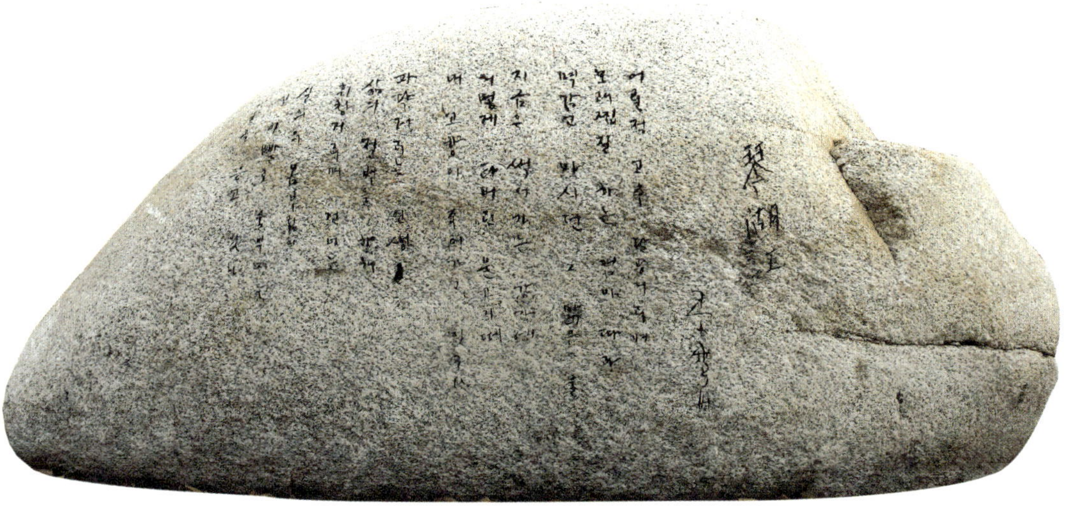

琴湖

봄

윤동주

봄이 혈관 속에 시내처럼 흘러
돌, 돌, 시내 가차운 언덕에
개나리, 진달래, 노-란 배추꽃,

삼동을 참어온 나는
풀포기처럼 피어난다.

즐거운 종달새야
어느 이랑에서나 즐거웁게 솟처라.

푸르른 하늘은
아른아른 높기도 한데……

봄

봄이 혈관 속에 시내처럼 흘러
돌, 돌, 시내 가차운 언덕에
개나리, 진달래, 노오란 배추꽃,

삼동을 참아온 나는
풀포기처럼 피어난다.

즐거운 종달새야
어느 이랑에서나 즐거웁게 솟쳐라,

푸르른 하늘은
아른 아른 높기도 한데......

尹東柱

여름밤

김수영

지상의 소음이 번성하는 날은
하늘의 소음도 번쩍인다
여름은 이래서 좋고 여름밤은
이래서 더욱 좋다

소음에 시달린 마당 한 구석에
철늦게 핀 여름 장미의 흰 구름
소나기가 지나고 바람이 불 듯
하더니 또 안 불고
소음은 더욱 번성해진다

사람이 사람을 아끼는 날
소음이 더욱 번성하다 남은 날
사람이 사람을 사랑하던 날
소음이 더욱 번성하기 전날
우리는 언제나 소음의 이층

땅의 이층이 하늘인 것처럼
이렇게 인정의 하늘이 가까워진
일이 없다 남을 불쌍히 생각함은
나를 불쌍히 생각함이라
나와 또 나의 아들까지도

사람이 사람을 사랑하다 남은 날
땅에만 소음이 있는 줄만 알았더니
하늘에도 천둥이, 우리의 귀가
들을 수 없는 더 큰 천둥이 있는 줄
알았다 그것이 먼저 있는 줄 알았다

지상의 소음이 번성하는 날은
하늘의 천둥도 번쩍인다
여름밤은 깊을수록
이래서 좋아진다

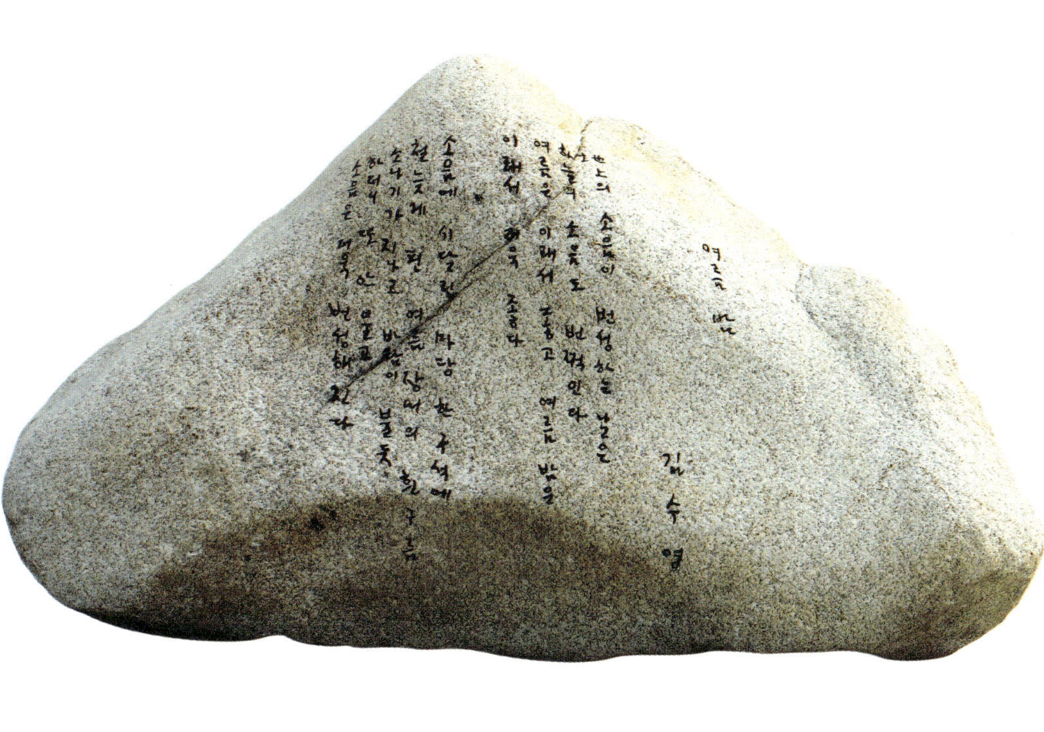

어느날

김
수
영

하늘수박

김춘수

바보야, 우찌 살꼬
바보야
하늘수박은 올리브빛이다 바보야,
바람이 자는가 자는가 하더니
눈이 내린다 바보야,
우찌 살꼬 바보야,
하늘수박은 한여름이다 바보야,
올리브 열매는 내년 가을이다 바보야,
우찌 살꼬 바보야,
이 바보야,

하늘수박

金春洙

바보야, 우째 살꼬
바보야,
하늘수박은 올리브빛이다 바보야,
바람이 자는가 자는가 하더니
눈이 내린다 바보야,
우째 살꼬 바보야,
하늘수박은 한여름이다 바보야,
올리브 빛깔은 배고픈 가을이다 바보야,
우째 살꼬 바보야,
미 바보야,

아침의 편지

김규동

함경북도
우리 고향 아득한 마을

행준네 넓은 콩밭머리에
이 아침 장끼가 내렸는가 보아라

칙칙거리기만 하고
아직 못 가는 기차

해는 노루골 너머에서
몇 자쯤 떴는가 보아다오.

아침의 편지

김규동

함경북도
우리 고향 아득한 마을

행촌네 넓은 콩밭머리에
이 아침 장끼가 내렸는가 보아라

칙칙거리기만 하고
아직 못 가는 이 기차

해는 노루골 너머에서
몇자쯤 떴는가 보아라오

歸天

천상병

나 하늘로 돌아가리라.
새벽빛 와 닿으면 스러지는
이슬 더불어 손에 손을 잡고,

나 하늘로 돌아가리라.
노을빛 함께 단 둘이서
기슭에서 놀다가 구름 손짓하며는,

나 하늘로 돌아가리라.
아름다운 이 세상 소풍 끝내는 날,
가서, 아름다웠더라고 말하리라.

歸天

나 하늘로 돌아가리라
새벽빛 와 닿으면 스러지는
이슬 더불어 손을 잡고,

나 하늘로 돌아가리라.
노을빛 함께 단둘이서
기슭에서 놀다가 구름 손짓하며는,

나 하늘로 돌아가리라.
아름다운 이 세상 소풍 끝내는 날,
가서, 아름다웠더라고 말하리라……

千祥炳

詩人

고 은

노래하며 놀다가
노래하며 가네

詩人
고은
노래하며 놀다가
노래하며 가네

갈 대

신경림

언제부턴가 갈대는 속으로

조용히 울고 있었다

그런 어느 밤이었을 것이다

갈대는 그의 온몸이 흔들리고 있는 것을

알았다

바람도 달빛도 아닌 것

갈대는 저를 흔드는 것이 제 조용한

울음인 것을 까맣게 몰랐다

산다는 것은 속으로 이렇게

조용히 울고 있는 것이란 것을

그는 몰랐다

갈 대

신경림

언제부턴가 갈대는 속으로
조용히 울고 있었다
그런 어느 밤이었을 것이다 갈대는
그의 온몸이 흔들리고 있었
다

바람도 달빛도 아닌 것
갈대는 저를 흔드는 것이 제 조용한
울음인 것을 까맣게 몰랐다
산다는 것은 속으로 이렇게
조용히 흔들리고 있는 것이
라고 울었다

거리

박재삼

해와 달 별까지의
거리 말인가
어쩌겠나 그냥 그
아득하면 되리라

해와 달, 별까지의
거리 말인가
어쩌랴 그냥 그
아득하면 되리라

朴在森

황톳길

김지하

황톳길에 선연한
핏자국 핏자국 따라
나는 간다 애비야
네가 죽었고
지금은 검고 해만 타는 곳
두 손엔 철삿줄
뜨거운 해가
땀과 눈물과 모밀밭을 태우는
총부리 칼날 아래 더위 속으로
나는 간다 애비야
네가 죽은 곳
부줏머리 갯가에 숭어가 뛸 때
가마니 속에서 네가 죽은 곳

밤마다 오포산에 불이 붙을 때
울타리 탱자도 서슬 푸른 속 이파리
뻣시디 뻣신 성장처럼 억세인
황토에 대낮 빛나던 그 날
그 날의 만세라도 부르랴
노래라도 부르랴

대삶에 대가 성긴 동그만 화당골
우물마다 십 년마다 피가 솟아도

아아 척박한 식민지에 태어나
총칼 아래 스러져간 나의 애비야
어이 죽순에 괴는 물방울
수정처럼 맑은 오월을 모르리 모르리마는

작은 꼬막마저 아사하는
길고 잔인한 여름
하늘도 없는 폭정의 뜨거운 여름이었다
끝끝내
조국의 모든 세월은 황톳길은
우리들의 희망은

낡은 짝배들 햇볕에 바스라진
뻘길을 지나면 다시 모밀밭
희디흰 고랑 너머
청천 드높은 하늘에 갈리던
아아 그 날의 만세는 십 년을 지나
철삿줄 파고드는 살결에 숨결 속에
너의 목소리를 느끼며 흐느끼며
나는 간다 애비야
네가 죽은 곳
부줏머리 갯가에 숭어가 뛸 때
가마니 속에서 네가 죽은 곳

황톳길

김지하

울타리 탱자를 서슬 돋워 속이 타리
뻗서다 뻗선 성장처럼 어서인
황토에 대낮 볏나락 그 솔
그 솔의 맞서라도 놀르라
노래하로 불그라

휘파람새

유안진

봄날 하루해가
다아 저물도록
어디서 뉘 부르는 휘파람 소리

애국가 제3절 가슴 젖는 옛 곡조를

애국하다 요절한
총각귀신새가
일본순사 칼 맞고 엎더진 학생
절대로 죽지 않는
뉘댁 삼대독자가

어린 목청
돋워가며
거퍼 부는 휘파람

헤며듦새

유 안 진

봄날 하루해가
나의 저물도록
어려서 되 부르는 헤며듦아

어른과 제3절 가득찾은 멱악을

애틋하나 은절한
끝맺히신새가
일부들어 꽉 맘은 엇머진 학엄
질머로 죽히 있는
우여 른代 숙유가

어는 봄날
늘위기며
우며 박 헤와줌

竹篇
─여행

서정춘

여기서부터, ─멀다.
칸칸마다 밤이 깊은
푸른 기차를 타고
대꽃피는 마을까지
백년이 걸린다

─ 가객 장사익에 의해 작품 『죽편1─여행』이 작곡되어 널리 불려졌다.

竹篇
─여행

서정춘

여기서부터, ─멀다
칸칸마다 밤이 깊은
푸른 기차를 타고
대꽃이 피는 마을까지
백년이 걸린다

하회에서

정희성

저녁 무렵 만대루에 올라
바라보노라
병풍 같은 절벽은
세상을 막아서고
강물은 마을을 둘러 흐르는데
이쯤에서 나도 그만
다리를 뻗고 싶다
저물어 깊어 가는
강물을 바라보느니
어디선가 고인의
글 읽는 소리
골이 깊어 다시 돌아가기도
어려울 터 글공부나
할 밖에 예서 달리
무얼 할까

하회에서
정희성

저녁무렵 만대루에 올라
바라보느라
병풍 같은 절벽을
세월을 맞아서고
강물은 바위를 돌아 흐르는데
이름 내어 누가 그린
나래를 펴고 윤희
저녁에 걸어가는
강촌을 바라보느라
어디선가 고요히
글 읽는 소리
글이 옳어 다시 돌아 가기도
어려울 터 글 공부나
꽃 밖에 예서 할까
무얼 할까

시월

이시영

심심했던지 재두루미가 후다닥 튀어 올라
푸른 하늘을 느릿느릿 헤엄쳐 간다
그 옆의 콩코투리가 배시시 웃다가 그만
잘 여문 콩알을 우수수 쏟아놓는다
그 밑의 미꾸라지들이 더 이상 참을 수 없다는 듯
봇도랑에 하얀 배를 마구 내놓고 통통거린다
먼길을 가던 농부가 자기 논에 무슨 일이 일어났는지
고개를 갸웃거리며 가만히 들여다본다

시정

　　　　時笑

깊실 헸던지 재득룰래개 후다악 튀어론다
푹룰 가을흔 그밤느짓 뒈앉처 깬다
그 앞의 콩고록리가 배서시 웃다나 그만
긴 때론 콩알흔 붉수 슬아통는다
그 밤의 새극다쩨들이 더 이샹 참은 수 빲다는듯
봇도랑에 하얀 배를 짜우 새홍고 통통거린다
연밀을 가선 동벅가 자기 혼재 궂은 일이 힢어났는지
완개를 가웃거리며 까만히 들여다 본다

물새

정호승

강가의 물새 한 마리
물에 젖지 않고
순식간에
물에 뛰어들어갔다가
나온다
나도 물새가 되어
물에 뛰어든다
그만 물에 흠뻑 젖어
나오지 못한다

물새

권혁승

강가의 물새 한 마리
물에 젖지 않고
순식간에
물에 뛰어들어 갔다가
나온다
나는 물새가 되어
꿈에 뛰어든다
그만 물에 흠뻑 젖어
나오지 못한다

얼음

이동순

봄의 공세에
산골짜기의 얼음은
일제히 산정으로 떠밀려 올라간다
산정에 밤이 오면
얼음은 달빛 속에서 수정 같은 이를 드러내고
차디차게 웃는다
우거진 산죽의 뿌리를 껴안고
몸을 떤다
올 테면 와라 봄이여
너희들이 숲을 샅샅이 뒤져 나를 찾을 때
내 투명한 유리 구두는
이미 어디론가로 떠나가고
없을 것이니

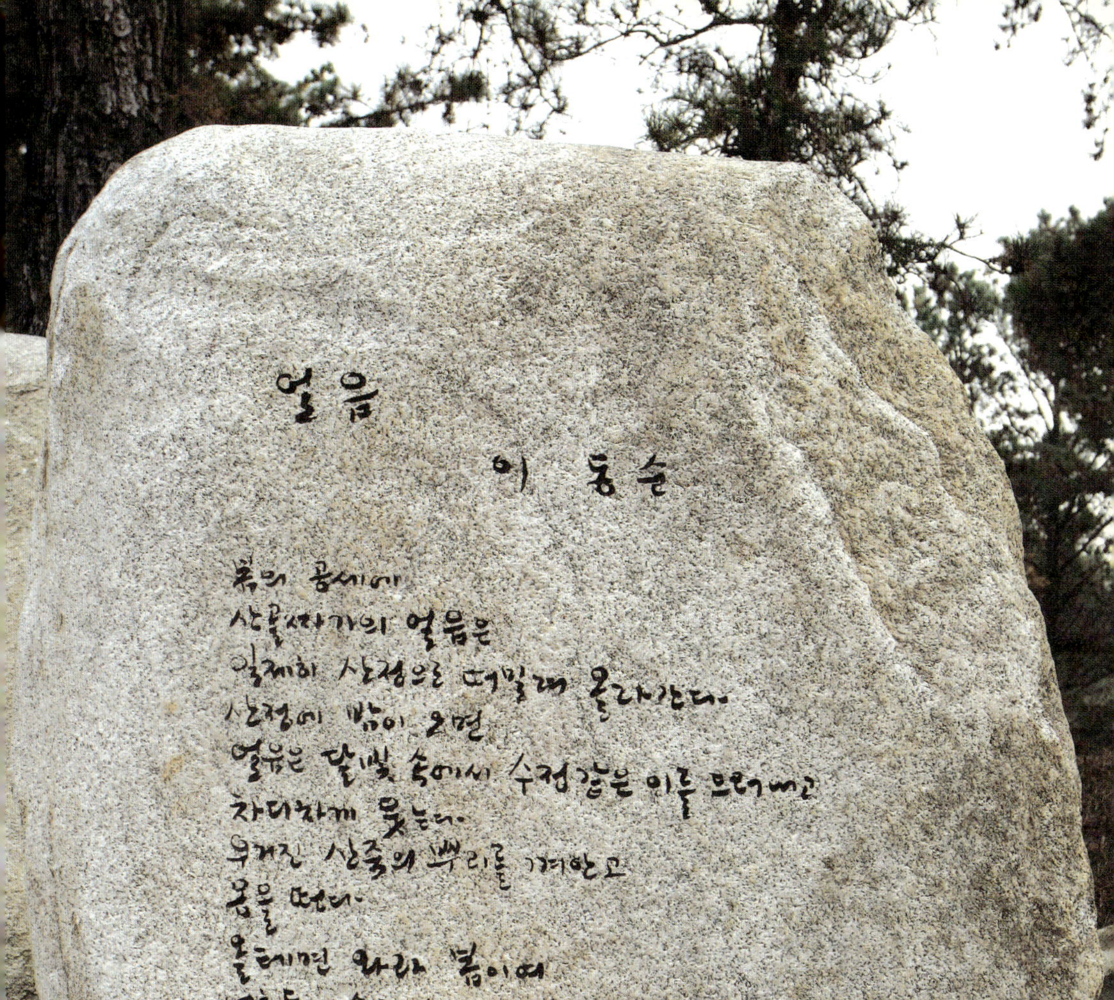
얼음

이 홍순

봄의 풍새야
산골짜기의 얼음은
일제히 산정으로 떠밀때 올라간다.
산정의 밤이 오면
얼음은 달빛 속에서 수정같은 이를 므르며고
차디차게 웃는다.
우겨진 상줄의 뿌리를 거켜안고
봄을 떤다.
올때면 와라 봄이여
너희들이 숲을 샅샅이 뒤져 나를 찾을 때
내 투명한 유리 구두는
이미 어디론가로 떠내가고
없을 것이니

이슬방울

이태수

풀잎에 맺혀 글썽이는 이슬방울
위에 뛰어내리는 햇살
위에 포개어지는 새소리, 위에
아득한 허공.

그 아래 구겨지는 구름 몇 조각
아래 몸을 비트는 소나무들
아래 무덤덤 앉아 있는 바위, 아래
자꾸만 작아지는 나.

허공에 떠도는 구름과
소나무 가지에 매달리는 새소리.
햇살들이 곤두박질하는 바위 위 풀잎에
내가 글썽이며 맺혀있는 이슬방울.

이슬방울
이 태수

새가 먹고 벌레가 먹고 사람이 먹고

하종오

요렇게 씨 많이 뿌리면 누가 다 거둔대요?
새가 날아와 씨째로 낱낱 쪼아먹지.
요렇게 씨 많이 뿌리면 누가 다 거둔대요?
벌레가 기어 와 잎째로 슬슬 갉아먹지.
요렇게 씨 많이 뿌리면 누가 다 거둔대요?
나머지 네 먹을 만큼만 남는다.

새가 멀고 벌레가 멀고 사람이 멀고

하 종오

흙덩이 씨 땅이 뿌리 되면 누가 다 거둘대요?
새가 날아와 씨째로 밭갈 쪼아먹지,
흙덩이 씨 땅이 뿌리되면 누가 다 거둘대요?
벌레가 기어라 잎째로 슬슬 갉아먹지,
흙덩이 씨 땅이 뿌리면 누가 다 거둘대요?
나까지 네 것을 깔끔만 남는다.

기러기 가족

이상국

-아버지 송지호에서 좀 쉬었다 가요

-시베리아는 멀다

-아버지 우리는 왜 이렇게 날아야 해요?

-그런 소리 말아라
  저 밑에는 날개도 없는 것들이 많단다

기러기 가족

이 상 국

— 아버지 솔숲에서 좀 쉬었다 가요.

— 시베리아는 멀오.

— 아버지 우리는 왜 이렇게 날아야 해요?

— 그건 그냥 날아라
저 아래는 날개를 잃은 것들이 많단다

부건나비

김용택

깊은 산속에 갔습니다
산속에 옹달샘이 있었습니다
샘 가에 산수국 꽃이
피어있었습니다
산수국 꽃에서 나비가
날아갑니다
나는,
나비가 꽃잎인줄 알았습니다

북천나비
                기남형

꽃은 산속에 갔습니다

산속에 종달새가 없었습니다

사람에게 신수근꽃

되어 있었습니다

신수근꽃에게 나비가

날아 갔습니다

나는

내게 꽃붙인줄 알았습니다

사람만이 희망이다

박노해

희망찬 사람은
그 자신이 희망이다

길 찾는 사람은
그 자신이 새 길이다

참 좋은 사람은
그 자신이 이미 좋은 세상이다

사람 속에 들어있다
사람에서 시작된다

다시
사람만이 희망이다

사람만이 희망이다
박 노 해

희망찬 사람은
그 자신이 희망이다

길 찾는 사람은
그 자신이 새 길이다

참 좋은 사람은
그 자신이 이미 좋은 세상이다

사람 속에 들어 있다
사람에서 시작된다

다시
사람만이 희망이다

너에게 묻는다

안도현

연탄재 함부로 발로 차지 마라
너는
누구에게 한 번이라도 뜨거운 사람이었느냐

너에게 묻는다
안도현
연탄재 함부로 발로 차지 마라
너는
누구에게 한번이라도 뜨거운 사람이었느냐

전봇대

정일근

은현리 겨울들판을
전봇대가 걸어가신다
하루도 쉬지 않고
띄엄띄엄 발자국 남기며
들판을 건너 마을을 지나
마을을 지나 험한 산길을 따라
키다리 아저씨가 찾아가시는 곳
솔밭산 7부 능선에 웅크리고 있는
하늘 아래 저 먼 첫 집
양철 지붕을 인 오막살이에
밤마다 삼십 촉 알전구가
따뜻하게 켜진다

전봇대

정일근

운현리 겨울 들판을
전봇대가 걸어가신다
하루도 쉬지 않고
뚜벅뚜벅 발자국 남기며
들판을 건너 마을을 지나
마을을 지나 험한 산길을 따라
키다리 아저씨가 찾아가시는 곳
높발산 기부 능선에 붕크리고 앉은
하늘 아래 저언 첫집
암결지붕을 인 오막살이에
밤이다 삼십촉 발전등가
따뜻하게 켜진다

梅花

이상희

매화는
이른 봄 모든 초목이
추위에 떨고 있을 때
홀로 꽃을 피워
맑은 향기를 퍼뜨린다
　　　　　－저서〈매화〉중에서

梅花
이 상 희

매화는
이른봄 모든 초목이
추위에 떨고 있을 때
홀로 꽃을 피워
맑은 향기를 터뜨린다

— 제서 <매화> 중에서

道山齋

김헌무

팔공산 아래 도장골
도산재(道山齋)에서 젊은 꿈 키웠네

꽃 피면 꽃 더불어
여름이면 푸르름 속에서
가을가면 눈 속에서 살았네

산이 좋아 산에서 살고
돌이 좋아 돌이 되었네
산, 돌, 그리고

더 사랑할 걸
더 참을 걸
더 베풀 걸
더 즐겁게 살 걸

우리 벗님들
둥글둥글 어울려
오래 즐겁게 살아보세

道山齋
凡民 金憲武

도봉산 아래 도장골
도산재(道山齋)에서 검은 글 이루었네

꽃 피면 꽃 어부에
여름이면 두르름 속에서
가을 가면 늘 속에서 살았네

산이 좋아 산에서 살고
돌이 좋아 돌이 되었네
산, 돌 그리고

더 사랑할 걸
더 참을 걸
더 베풀 걸
더 즐겁게 살걸

우리 벗님들
얼굴들을 어울려
오래 정겹게 살아보세

돌

김성한

그냥
돌입니다

산길에
강변에, 그리고
파도가 할말없이 철썩거리는
바닷가에

그저
그런곳에 뒹굴고 있는
하나의 돌이지요.

때때로
바람이 일고 나뭇잎이 흔들리면
하늘을 쳐다보지만

그냥
돌일 뿐입니다

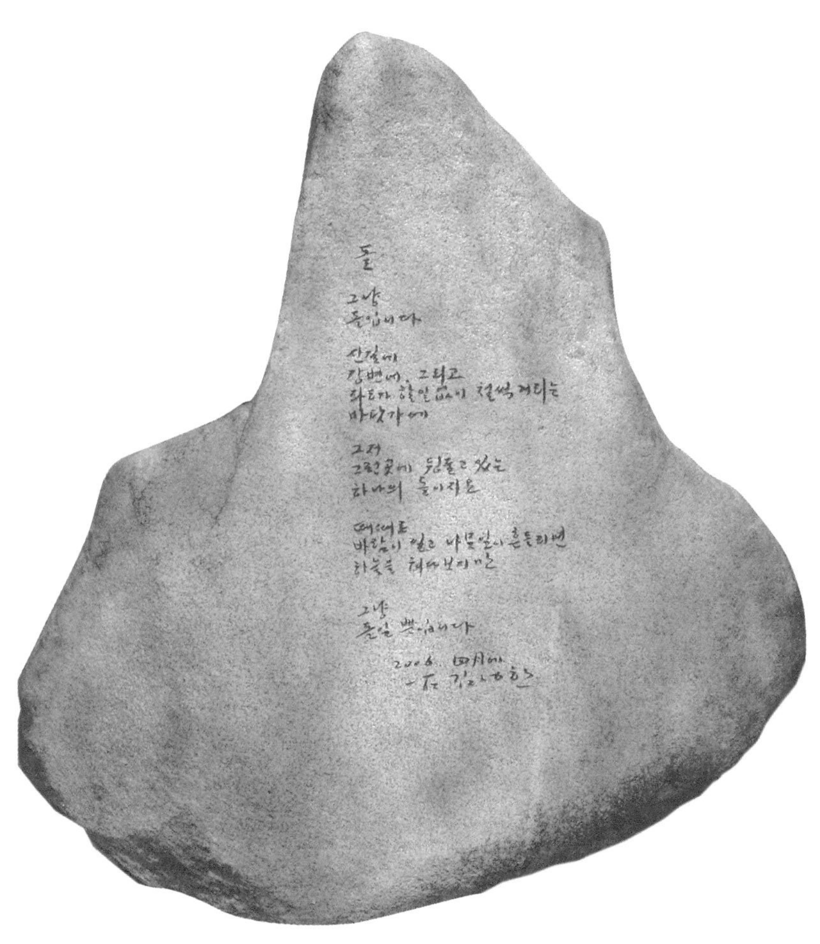

돌

그냥
돌입니다

산길에
강변에, 그리고
파도가 한없이 철썩거리는
바닷가에

그저
그런곳에 뒹굴고 있는
하나의 돌이지요

때때로
바람이 일고 바닷물이 흔들리면
하늘을 쳐다보기도

그냥
돌일 뿐입니다

2006. 四月에
-下 김○○함

돌

채희복

오직 한번 생겨나고
삶도 죽음도 넘어선 그대여

여기 종일
팔공의 묏뿌리 바라고
호젓하게 자리해
새소리 물소리 바람소리 들으며

그 위에 단단한 마음 세우니
다함 없어라.

돌

오직 한번 생겨나고
삶도 죽음도 넘어선 그대여

여기 종일
산중에 홀로이 바라고
호젓하게 자리해
새소리 물소리 바람소리 들으며

그 위에 담담한 마음 세우니
다함 없어라

아산(海山) 채희묵

한용운(1879~1944)

호는 만해. 충남 홍성 출생. 어렸을 때 한학을 배우고 동학과 의병활동에 가담한 후 승려가 되었다. 1919년 3·1운동 때는 민족대표 33인의 하나로 독립선언서에 서명했으며, 옥고를 치르면서 항일독립운동의 투사로 활약했다. 시집 『님의 침묵』은 그의 조국애와 불굴의 독립정신이 불교적 명상의 상징적 기법으로 노래된 작품집이다.

이상화(1901~1943)

호는 상화. 대구 출생. 1921년 〈백조〉 동인으로 가담하여 시 「말세의 희탄」 「단조」 「나의 침실로」 등을 발표했다. 강렬한 민족의식을 저변에 깔면서도 나라를 잃은 식민지 지식인의 슬픔을 탐미적인 수법으로 노래한 그의 시는 신문학 초기의 시단에 신선한 충격을 주었다. 백기만 편 『상화와 고월』에 16편의 유작이 실려있다.

이장희(1900~1929)

호는 고월. 대구 출생. 1924년 〈금성〉 동인지 3호에 「실바람 지나간 뒤」 외 4편을 발표하면서 문단에 나왔다. 5살 때 어머니를 여의고 계모 슬하에서 자란 슬픔과 친일하는 아버지 때문에 겪게 된 고통으로 일찍부터 염세적인 사상을 지녔으며, 시작품에도 예리한 병적 감각이 나타나 있다. 자살로 생을 마감함. 백기만 편 『상화와 고월』에 유작 11편 수록.

백석(1912~1995)

평북 정주 출생. 본명은 기행(夔行). 오산고보를 마치고 일본 아오야마학원에서 영문학과를 졸업. 조선일보 기자와 함흥 영생고보 교원 등을 역임함. 1935년 조선일보에 시 「정주성」을 발표하면서 문단에 나옴. 관서지방의 방언 구사와 서사지향성이 그의 시의 표현상의 특징. 식민지인의 전형적 감성으로서의 고향상실감에 대한 창작적 대응이라는 면에서 돋보이는 시인. 시집으로는 『사슴』(1936)이 있음.

서정주(1915~2000)

전북 고창 출생. 1936년 동아일보신춘문예에 시 〈벽〉이 당선되어 등단하였다. 동인지 「시인부락」 동인. 첫 시집 『화사집』(1941)을 출간했다. 이후 『신라초』(1961), 『동천』(1969), 『질마재 신화』(1975)와 『떠돌이의 시』(1976) 등을 발간하였다.

이설주(1908~2001)

본명은 용수. 경북 대구 출생. 1933년 일본 토쿄 시절부터 시를 쓰기 시작함. 이후 만주, 중국 등지를 20년간 방랑생활. 이때의 체험으로 유랑민의 애수와 비애의 숨결을 작품에 담아내었다. 시집으로 『들국화』『방랑기』『설주문학』『수난의 장』 등 20권이 있다. 대구 도원동 월광수변공원에 그의 시비가 있다.

윤동주(1917~1945)

북간도 명동에서 출생. 연희전문을 마치고 일본 동지사대학 영문과 유학 중 체포되어 후꾸오까 감옥에서 옥사한 일제말 암흑기의 대표적 서정시인. 유고시집으로 『하늘과 바람과 별과 시』(1948)가 있음.

김수영 (1921~1968)

서울 출생. 연희전문 영문과 중퇴. 1945년 〈예술부락〉에 시 「묘정의 노래」를 발표함으로써 문단에 나왔다. 1948년 김경린, 박인환 등과 함께 동인지 『새로운 도시와 시민들의 합창』을 간행하여 모더니스트로서 출발했다. 그러나 1959년에 시집 『달나라의 장난』을 펴냄으로써 문학에 있어 안이한 서정성의 배격과 사회정의를 위한 참여시를 부르짖었다. 시선집 『거대한 뿌리』(1974), 『사랑의 변주곡』(1988), 『김수영전집』(1981) 등이 있음.

김춘수 (1922~2004)

1946년 해방1주년기념사화집 『날개』에 시 '애가'를 발표하면서 작품활동 시작함. 첫 시집 『구름과 장미』를 발표하면서 본격적 등단. 시집으로는 『구름과 장미』『늪』『기』『꽃의 소묘』 『타령조 기타』『비에 젖은 달』 등을 발간했다. 그의 초기의 경향은 릴케의 영향을 받았으며, 사물의 정확성과 치밀성을 추구하였으나, 연작시 '처용단장'에서 부터는 설명적 요소를 거세해버린 이미지 작품으로 변모하였다.

김규동 (1925~)

함북 경성 출생. 1948년 〈예술조선〉 신춘문예에 시 「강」이 당선되어 등단했다. 시집으로는 『죽음 속의 영웅』(1977), 『깨끗한 희망』(1985), 『오늘밤 기러기떼는』(1989), 『하나의 세상』(1987), 『생명의 노래』(1991), 『길은 멀어도』(1991) 등이 있다.

천상병 (1930~1993)

일본 효고현 출생. 〈죽순〉 11집에 시 「공상」이 추천되어 등단. 1967년 7월 동베를린공작단사건에 연루되어 6개월간 옥고를 치렀다. 가난·무직·방탕·주벽 등으로 많은 일화를

남긴 그는 우주의 근원, 죽음과 피안, 인생의 비통한 현실 등을 간결하게 압축한 시를 썼다. 시집으로는 『새』(1971), 『귀천』, 『요놈 요놈 요 이쁜 놈』 등이 있다.

고 은(1933~)

전북 옥구 출생. 1952년부터 1962년까지 승려생활. 법명은 일초. 1958년 〈현대시〉 추천으로 등단. 시집 『피안감성』(1960), 『문의마을에 가서』(1974), 『새벽길』(1978) 등 수십권을 발간함. 초기의 허무주의 시편에서부터 후기의 역사의식과 결부된 시편에 이르기까지 풍부한 시적 편력을 거친 시인. 민족문학작가회의 의장 역임. 노벨상 최종후보에 여러차례 오름.

신경림(1935~)

충북 충주 출생. 동국대 영문과 졸업. 1956년 〈문학예술〉을 통해 등단. 시집으로 『농무』(1973), 『남한강』(1987), 『길』(1990) 등을 간행함. 민중적 노래와 이야기를 통합시켜 민중시의 새로운 경지를 열어간 시인.

박재삼(1933~1997)

일본 도쿄에서 출생. 〈문예〉지를 통해 시조 「강가에서」가 추천되었고, 〈현대문학〉에 시 「섭리」 등이 추천되어 등단했다. 그의 시는 가난과 설움에서 우러나온 정서를 아름답게 다듬은 언어 속에 담고, 전통적 가락에 향토적 서정과 서민생활의 고단함을 실었다는 평가를 받았다. 시집으로는 『춘향이 마음』 『천년의 바람』 『뜨거운 달』 등이 있다.

김지하(1941~)

전남 목포 출생. 서울대 미학과 졸업. 1969년 〈시인〉지에 「황톳길」 등을 발표하면서 문단에 나옴. 담시 「오적」(1970), 「비어」(1972) 등을 발표함. '오적' 사건과 민청학련 사건으로 여러 차례 투옥됨. 시집으로 『황토』(1970), 『타는 목마름으로』(1982), 『애린』(1986), 『비단길』(2006) 등이 있음.

유안진(1941~)

경북 안동 출생. 1965년 〈현대문학〉으로 등단. 시집 『달하』 『절망시편』 『구름의 딸이요 바람의 연인이어라』 『누이』 『봄비 한 주머니』 등을 발간함. 현상을 걷어내고 삶의 본질을 꿰뚫어보는 것, 작위를 거부하는 것, 리듬에 굳이 파고 들지 않는데도 시 한 편 한 편이 리듬감 있게 읽히는 것이 그의 시를 읽는 즐거움이라는 평을 듣고 있다.

서정춘(1941~)

전남 순천 출생. 순천 매산고 졸업. 1968년 신아일보신춘문예로 등단. 시집으로는 등단 28년만에 발표한 첫시집 『죽편』(1996)과 『봄 파르티쟌』(2001) 『귀』(2005)가 있다. 가객 장사익에 의해 작품 『죽편1-여행』이 작곡되어 널리 불려졌다.

정희성(1945~)

경남 창원 출생. 서울대 국문과 졸업. 1970년 동아일보신춘문예에 시 「변신」이 당선되어 등단함. 동인지 〈70년대〉 활동. 시집으로 『답청』(1974), 『저문 강에 삽을 씻고』(1978) 등이 있음.

이시영(1949~)

전남 구례 출생. 서라벌예대 문창과 졸업. 1969년 중앙일보신춘문예에 시조, 〈월간문학〉 신인상에 시가 각각 당선되어 문단에 나옴. 시집으로 『만월』(1976), 『바람 속으로』(1986) 등이 있음.

정호승(1950~　)

경남 하동 출생. 경희대 국문과 졸업. 1973년 대한일보신춘문예에 시 「첨성대」가 당선되어 문단에 나옴. 〈반시〉 동인으로 활동. 시집으로 『슬픔이 기쁨에게』(1979), 『서울의 예수』(1982) 등이 있음.

이동순(1950~　)

경북 김천 출생. 경북대 국문과 졸업. 1973년 동아일보신춘문예에 시 「마왕의 잠」이 당선되어 문단에 나옴. 시집으로 『개밥풀』(1980), 『물의 노래』(1983), 『미스 사이공』(2005) 등이 있음.

이태수(1947~　)

경북 의성 출생. 1974년 〈현대문학〉을 통해 등단. 시집 『그림자의 그늘』 『우울한 비상의 꿈』 『안동시편』 등이 있다.

하종오(1954~　)

경북 의성 출생. 1975년 〈현대문학〉에 「허수아비의 꿈」 등으로 추천 받아 등단함. 〈반시〉 동인으로 활동. 시집으로는 『벼는 벼끼리 피는 피끼리』(1981) 등이 있음.

이상국(1946~　)

강원도 양양 출생. 1976년 〈심상〉지에 「겨울 추상화」 등을 발표하면서 등단. 시집 『동해별곡』 등이 있음.

김용택(1948~)

전북 임실 출생. 순창농고 졸업. 1982년 21인 신작시집 『꺼지지 않는 횃불로』에 「섬진강1」 등을 발표하면서 작품활동 시작. 시집으로 『섬진강』(1985) 등이 있음.

박노해(1957~)

전남 함평 출생. 선린상고 졸업. 1983년 『시와 경제』 제2집에 「시다의 꿈」 등을 발표하면서 작품활동을 시작함. 시집으로 『노동의 새벽』(1984) 등이 있음.

안도현(1961~)

경북 예천 출생. 원광대 국문과 졸업. 1984년 동아일보신춘문예에 시 「서울로 가는 전봉준」 이 당선되어 문단에 나옴. 시집 『서울로 가는 전봉준』(1985), 『모닥불』(1989) 등이 있음.

이상희(1932~)

경북 성주 출생. 고려대학교 법과대학, 경북대학교 대학원졸업. 산림청장 대구직할시장 경북도지사 내무부장관 건설부장관 한국토지개발공사사장등을 역임 저서로는 『지방세 개론』『지방재정론』『꽃으로 보는 한국문화 1.2.3.』『매화』『우리꽃문화 답사기』『백년설전기 – 오늘도 걷는다마는』 등이 있다.

김헌무(1940~)

대구 출생. 서울대학교 법과대학 졸업. 제 14회 고등고시 사법과 합격, 서울지방법원 민사수석부장판사 청주지방법원장역임 현 변호사

김성한(1946~)

대구 출생. 서울대학교 법과대학 졸업. 제 10회 사법시험합격 대구지방법원 판사 대구지방법원 부장판사 대구고등법원부장판사역임 현 변호사

채희복(1944~)

경북 문경 출생. 〈돌, 그리고〉 대표. 한국의 자연석을 수집하여 대구시 동구 도남동에 한국 대표시인들의 육필공원 조성.